78억 인구 중
나 하나
찌질해도 괜찮아

78억 인구 중

나 하나
찌질해도 괜찮아

김세얀 지음

harmonybook

작가의 말

나의 찌질함을 고백하며 느꼈던 건,
찌질함은 그리 특별하지 않다는 것.

그저 나를 이루는 요소 중 하나일 뿐이었다.
그래서 더는 숨기지 않으려 한다.

가늠조차 가지 않는 78억명이 살고 있는 이 지구에서
나 하나쯤은,
우리쯤은 찌질해도 생채기 같은 흔적조차 남기지 못할
테니까.

part. 2

관계 앞에 찌질하지 않은 사람 어디 있나요

part. 3

나 하나쯤 찌질해도 괜찮아

Part.1

사랑 앞에 찌질하지 않은 사람
어디 있나요

가해자

사랑은 시작과 함께 상처를 준다는 글을 본 적 있다. 점점 차가워졌던 그의 모습이 떠올랐다. 처음과 달라진 그를 대하는 하루하루가 벅찼다.

내가 그보다 똑똑하지 못해서였을까? 아니면 나도 모르는 단점을 알아 버린 걸까?
괜히 전보다 늘어버린 몸무게를 탓하기도 했다. 내게서 이유를 찾으려 애썼다.

밤을 새우며 끙끙 앓던 날들이었다. 하지만 변한 건 그의 마음뿐이라는 걸. 실컷 나를 괴롭힌 후에야 알 수 있었다.

결국 사랑의 법 앞에서 가해자는 나였다.

시차

 우린 서울에 살았지만 다른 시차 속에 있었다. 내가 잠자리에 들 때면 그의 하루가 시작됐다.
 "너랑 있으면 피곤하기만 해."
 그가 놓고 간 아메리카노의 얼음이 다 녹을 때쯤에야 그의 말을 이해할 수 있었다. 이해는 수많은 질문을 낳았다.
 억지로라도 그의 시차 속에 있었다면 많은 이야기를 나눌 수 있었을까?
 많은 이야기를 나눴다면 깊은 사이가 될 수 있었을까?
 깊은 사이였다면 그가 우리의 사랑을 쉽게 놓지 못했을까?

．
．
．

　내 머릿속을 떠도는 무한의 점들은 마지막으로 본 너의 들쭉날쭉한 수염을 연상케 했다. 어쩌면 우린 사랑의 시차도 달랐을지 모른다. 너는 갑자기 나타나 내게 초 단위로 사랑을 던져댔다. 빠르게 내 주월 도는 네가 부담스러우면서도 좋았다. 천천히 내 심장을 감싸고 있던 껍데기를 벗어갔다. 나의 마음이 탈피를 시작했다. 그리 오래 걸리진 않았는데, 간신히 나온 번데기밖엔 아무도 없었다. 울렁이는 속을 달래려 눈을 감았다. 무언가 흘러내리며 바닥에 점들이 찍혔다.

．
．
．

　사랑의 시차가 같았더라면 더 오래 함께할 수 있었을까?
　서서히 떠나가는 그의 모습을 볼 수 있었을까?
　후회 없는 이별을 맞을 수 있었을까?

L - CLOUD

24시간, 늘 생각이 많은 네 머릿속에 나는 없었다. 그래도 괜찮았다. 가끔 생각을 쉬어갈 때마다 걸려오던 네 연락이 너무 달콤했으니까. 너로 가득한 하루의 끝을 네 목소리로 마무리하는 것이 우리가 유일하게 함께할 수 있는 일과였다.

우린 언제나 네 고민에 대해 이야기했다. 너의 지난 하루를 나눴다. 너의 과거를 회상했다. 너의 감정을 공유했다.

나의 마음 용량은 그리 크지 않아서, 점점 늘어나는 너를 다 담을 수 없었다. 너의 자리를 위해 나를 지우고 또 지웠다.

결국 너는 네 상황을 탓하며 이별을 고했다. 어느 정도 시간이 흐르고 알 수 있었다. 우리의 연애에는 내가 없었다. 딱히 너의 잘못은 아니었다. 굳이 따지자면 나의 실수이자 착오였다. 무심코 삭제된 '나'는 클릭 한 번으로 다시 복구될 수 없다는 것을. 그때 나는 정말 알지 못했다.

256기가, 너로 가득 채워진 내 마음을 어디서부터 지워야 할지 막막했다. 그래서 그냥 전체 삭제 버튼을 눌렀다. 783장의 사진들과 우리가 담긴 20개의 노래들이 단 번에 지워졌다.

러브 클라우드가 사라졌다. 텅 비어버린 곳에 어떤 것을 채워 나가야 할지 이제는 안다.

1111 (1월 1일에 일어난 일)

　난 신년 인사보다 먼저 헤어짐을 통보받았다. 날짜의 특수성 때문이었을까. 슬픔보단 분노가 차올랐다. 감히 먼저 이별을 고한 얼굴에 욕이라도 한마디 뱉고 오리라, 다짐하고 그를 만났다.

　하지만 막상 얼굴을 보니 눈물부터 차올라 참기 바빴다. 눈물은 분노를 정화해 주는 효과가 있었다. 준비한 억센 말들은 모조리 증발해버렸다. 우리의 마지막 대화는 막장 드라마가 아닌 디즈니 애니메이션을 떠오르게 할 정도로 아름다웠다. 원래 좋은 이별이란 없으니까. 그냥 나쁘지 않은 거로 만족하기로 했다.

　집으로 돌아가는 길, 무수히 쌓인 새해 안부 인사들을 확인했다. 문득 왜 하필 오늘이었을까, 그가 원망스러워지기 시작했다. 차라리 어제나 내일 헤어짐을 말했다면 적어도 오늘보단 밝은 새해를 시작했을 텐데.

 신년 모임 약속을 잡는 단톡방 때문에 계속해서 핸드
폰이 시끄러웠다. 핸드폰 전원을 껐다. 깨끗이 씻은 다
음 푹 잠을 자고 일어나 답장해야겠다고 다짐했다. 나
의 1월 1일은 내일부터 하기로 했다.

 366일이었던 올해는 마지막 날인 오늘까지 우울하지
만, 364일인 내년은 억지로라도 활기차게 시작해 보려
한다.

이별진창

이 글을 읽고 있는 모든 이들에게 묻고 싶다. 혹시 그대들이 꿈꿨던 이별이 있는가?

인터넷 소설을 읽으며 사랑을 기다려온 소녀는 훗날 이별에도 로망을 가진 모태솔로가 되었다. 고등학교 1학년, 저녁마다 달주와 뚝방 길을 걸으며 우리의 사랑 각본을 쓰곤 했다. 다이어트 걷기 모임이 로망 자랑대회로 변질한 지는 오래였다.

우리의 사랑은 언제나 동창생의 결혼식이거나, 유럽 거리에서 시작됐다. 그리고 이별의 끝은 늘 바다였다. 해변을 거니는 남과 여. 맞잡은 손을 놓으며 여자가 말한다.

'더는 널 사랑하지 않는 것 같아.'

여자의 두 눈엔 미안함이 묻은 눈물이 맺혀있다. 남자는 떠나는 여자를 따라가다 이내 멈춘다. 그렇게 늘 마주 보던 둘은 서로를 등지고 각자의 길을 걸어가며 (이 부분 연출이 제일 중요하다.) 2년간의 연애는 마무리된다.

어디선가 본 듯한 나와 달주의 이별 각본이었다. 뚝방길에서 물을 나눠마시던 우리 앞에 맥주가 놓였다. 성인이 되고, 나에게도 현실 이별이 찾아왔다. 로망과 비슷한 구석은 단 하나도 없었다. 애초에 굳이 이별의 장소로 바닷가를 선정한 것부터 비현실적이었다.

우선 내가 차였다. 카페에서. 배우들은 잘만 눈으로만 울던데 나는 코가 먼저 울기 시작했다. 그는 온갖 좋은 표현으로 우리의 연애를 끝맺고 있었지만 난 내 코에 찾아온 슬픔을 컨트롤하기 바빴다. 꿈꿔왔던 이별과 다를지언정 추할 수 없었다. 그것만 빼면 나름 담담한 이별이었다. 각본 없는 이별은 엉망진창이었지만 최악은 아니었다.

 카페를 나와 달주에게 전화를 걸었다. 공식적으로 차였음을 알렸다.

 '괜찮아? 술 마실래? 있는 곳으로 갈게.'
 '아니. 그냥 오랜만에 뚝방이나 걷자. 동네로 갈게.'

 우리의 각본엔 수정이 필요했다. 막상 현실 이별을 겪어보니 헤어지는 장소와 누가 차였는지는 그리 대단한 사항이 아니었다. 중요한 건 결국 마지막은 있다는 것과 특별했던 사랑도 이별의 순간은 보통 이들과 비슷하다는 것이었다. 평생 현실 속에서 사랑하고 이별할 우리에게 어느 정도의 리얼리티를 추가할 필요가 있었다. 바다가 아닌 카페에서, 차이기도 하며 너무나 단순한 이별이 나를 기다리고 있을지 아무도 모르는 일이니까.

파인애플 통조림에 담긴 이별

누군가는 이 영화를 홍콩 그 자체라 말한다. 또 다른 이는 난해한 스토리에 남는 건 OST와 미장센뿐이라 말한다. 〈중경삼림〉에는 2개의 이야기가 담겨있다. 오늘 난 첫 번째 에피소드에 관해 이야기해보려 한다. 간단히 줄거리와 인물 소개를 하자면, 빨간 립스틱을 바른 금발의 여인과 오래된 연인에게 이별 통보를 받은 경찰 223이 등장한다. 만우절에 이별 통보를 받은 남자는 자신의 생일이자 헤어진 지 한 달째 되는 날짜, 5월 1일까지의 유통기한인 파인애플 통조림을 사 모은다. 사 모으는 30일 동안 애인에게 연락이 없으면, 그녀를 잊기로 마음먹는다. 5월 1일은 금발의 여인에게도 특별했다. 배신한 동료를 제거하기로 한 날이었다.

5월 1일이 되었지만, 남자에겐 아무런 연락도 오지 않았다. 외로운 생일을 보내며 남자는 그동안 모은 파인 애플 통조림을 몽땅 먹어버리고 술집으로 향했다. 그리고 그곳에서 금발의 여인과 남자의 만남이 시작된다.

처음 이 영화를 봤을 땐, 화려한 영상미와 OST에 현혹되었다. 내용은 눈에 잘 들어오지 않았다. 하지만 이별을 겪고 문득 생각나 〈중경삼림〉을 본 후 한동안 이별의 슬픔이 아닌 이 영화에서 헤어 나오지 못했다. 아무렇지 않게 넘어간 장면들이 마음을 쿡쿡 찔러댔다. 명장면을 꼽자면 남자가 유통기한이 얼마 남지 않은 5월 1일까지의 통조림을 모조리 버린 편의점 직원에게 항의하는 부분이다.

"당신 같은 사람들은 항상 신선한 것만 찾는군요."
"파인애플 한 캔에 얼마나 많은 노력이 들어가는지 알아?"

파인애플 대신 사랑이란 단어를 넣어봤다. 오래된 사랑에 질려 떠나버린 연인에게 하고 싶었던 말이었을까. 내 사랑에 얼마나 큰 노력이 들어갔는데 그걸 쉽게 치

워버리느냐고, 무심히 떠나버리느냐고 절규하는 것 같았다. 편의점 직원이 아닌 연인이었던 메이에게. 남자는 집으로 돌아와 유통기한 지난 통조림을 모조리 먹어치운다. 단 한 방울의 사랑도 남기지 않았다.

　짧게나마 나를 스쳤던 이들의 얼굴이 떠올랐다. 양손으로도 잡을 수 없을 만큼 많은 관심을 내게 던져댔다. 내 속도대로 하나둘 모조리 주워 담고 일어섰을 땐, 아무도 없었다. 그때 공허함이 223과 너무 닮아서 더욱 여운 깊게 느껴졌다. 느린 사랑이 훨씬 깊다는 걸 그들도, 메이도 몰랐나 보다. 신선함보단 오래 숙성된 것들에서 다양한 맛을 느낄 수 있는데 말이다.

　"중경삼림에서 내레이션이 말해주는 것은 외로움입니다. 모든 캐릭터가 기본적으로 외로운 사람들이긴 해도 혼자라는 게 꼭 슬프다는 뜻은 아니죠."

　감독이 인터뷰를 통해 밝힌 외로움에 대한 생각 때문이었을까, 영화는 먹먹함으로 시작하지만, 결말은 왠지 모를 희망이 느껴진다. 남자의 생일에 맞춰 금발 여자는 남자에게 축하 메시지가 담긴 삐삐를 보낸다. 무슨 의미일지는 생각하기 나름이겠지만.

'기억이 통조림에 들어있다면 유통기한이 없기를 바란다. 만일 유통기한을 정해야 한다면 만년으로 하겠다.'라는 남자의 내레이션으로 첫 번째 에피소드는 막을 내린다. 결국 사랑은 또 다른 사랑으로 치유되고, 사랑이 존재하기 위해 기다림이 있다. '시간이 약이다.'만큼 무책임하고 확실한 조언도 없다.

언젠가 다시 찾아올 내 사랑에 유통기한은 얼마일까? 유통기한 없는 사랑도 있을까?

연애의 참견

친구들은 종종 내게 연애 상담을 한다. 하루는 애봉이가 조심스레 남자친구와 있었던 일을 이야기했다. 그녀의 말이 끝나기도 전에 나는 화부터 냈다. 어디 하나 부족한 것 없는 애봉이가 '을'을 자처한 것부터 마음에 들지 않았다.

"아무튼 걘 진짜 아니다."

카페를 나와 마지막 인사를 하면서도 신신당부했지만, 너무 화만 냈나 하는 생각이 들었다. 분노에서 세 발짝 떨어지고 나서야 애봉이와 그 사람에게 미안했다. 사실 그렇게 심각한 일도 아니었다. 어쩌면 그녀가 원했던 건 문제 해결이 아닌 위로였을지도 모른다. 나름

분노 조절 능력이 뛰어나다고 자부했었는데, 이번에는 왜 참지 못했을까. 집으로 돌아와서 잠자리에 들기 전까지 화의 근원에 대해 생각했다.

아, 그랬다. 애봉이의 모습에서 정확히 1년 전의 내가 보였다. 분노의 내비게이션 경로가 그녀에게로 잘못 설정됐던 것이다. 모든 걸 맞춰주는 게 사랑인 줄 알았다. 남의 연애가 되고서야 문제점이 보였다.

직접 겪지 않은 건 판단하기 쉽다. 살갗으로 느낀 감정은 남에게 설명하기 힘들다. 그래서 우린 연애 상담 전문가이면서 늘 내 사랑엔 서툰 것일지 모른다.

한때 즐겨들었던 노랫말이 떠올랐다.
'내 사랑에 노련한 사람이 어딨나요. 내 사랑에 초연한 사람이 어딨나요.'

내일은 애봉이가 좋아하는 크로플을 사 들고 가야겠다.

라면 수프

나는 맹물에 라면 수프를 먼저 넣는 걸 선호한다. 과학적으로 별 차이 없다지만, 왠지 더 빨리 끓는 기분이 든다. 라면 하면 그 애가 생각난다. 딱히 좋아하지 않지만 매 끼니를 라면으로 때우곤 하던 사람이었다. 언젠가 수프가 먼저니 면이 먼저니 하며 유치한 토론을 했던 기억도 있다.

우리의 만남은 25도에서 시작됐다. 마침 둘 다 곁에 아무도 없었고, 극심한 외로움을 겪고 있을 때 서로의 앞에 나타났다. 그 애와 나는 맛있는 것을 먹고, 한 시간 넘는 거리를 걸었다. 버스로 20분이면 충분히 도착할 거리였지만 그냥 걷자고 했다. 집으로 돌아와선 옷 갈아입는 것도 잊은 채 연락하기 바빴다.

하지만 우린 연인이 되지는 못했다. 물이 펄펄 끓어오르려면 라면 수프가 필요하다. 우리에게는 라면 수프 같은 것이 없었다.

그 애와의 대화는 즐거웠지만, 늘 공백이 있었다. 좋아하는 노래도, 영화도, 취미도 겹치는 게 단 한 개도 없었다. 그것들의 부재로 인한 빈자리는 그의 다정한 성격만으로 채우기엔 부족했다. 그 또한 마찬가지였겠지. 우린 끓는점의 한계를 극복하지 못한 채 빠르게 식어갔다.

물음표 사랑

만약 '사랑'이란 단어가 사라진다면, 네게 내 마음을 어떻게 말해 주어야 할까.

또는 네가 사랑이란 말이 진부하다 느낄 때 나는 어떤 말로 널 다시 설레게 할 수 있을까.

'네가 계속 궁금해.'

난 이렇게 말할래. 너를 처음 본 순간 겨울에 코트와 패딩 중 어느 걸 즐겨 입는지 문득 알고 싶어졌어. 추운 날에도 아이스 음료를 마시는 얼죽아 회원인지. 오늘 하루 무슨 일을 하며 어떤 감정과 함께였는지. 네 mbti는 뭔지. 헬륨을 넣은 풍선처럼 물음표가 마구 떠올랐어.

하트 이모지마저 사라진다면 네게 물음표를 보낼래.
내게 사랑의 또 다른 말은 궁금함인가 봐.

말, 말, 말

애매한 관계에 시간 쏟는 걸 좋아하지 않는다. 그런 사이가 끝나고 남는 건 아무것도 없다는 걸 알기에 더욱 낭비로 느껴진다. 그래서 너에게 물었다. 매일 밤 서로의 일상을 공유하고, 함께하는 내일을 생각하는 우릴 어떤 단어로 정의하겠느냐고. 사실 너의 입에서 고백이 나오길 바랐다.

연인보단 친구 사이가 어울릴 것 같다는 너의 답에 그러자고 했다. 전혀 예상치 못한 단어에 그저 머쓱한 웃음을 보였다. 어떤 표정과 말을 해야 할지 몰라 그저 얼굴과 입술이 움직이는 대로 따랐다. 나름 쿨하게 보이고 싶어 굳이, 그래도 친하게 지내자는 말을 덧붙였다.

쿨해 보이기 대작전이 성공이라도 한 걸까. 다행히 연습하지 못한 나의 웃음에서 넌 씁쓸함을 찾지 못했나 보다. 끝나지 않은 너의 다정함에 미련투성이인 나의 몸은 비늘이 돋아나기 시작했다.

지친 하루의 피곤함을 내게 버리라는 말은 아니었는데,
심심할 때 아무 말이나 던지면 대답해 주는 심심이가 되어 주겠다는 말은 아니었는데.
취하고 허전한 마음이 들 때 연락해도 된단 말은 아니었는데.

입안을 맴도는 말, 말, 말들을 전하지 못한 채 오늘도 괜히 너와 나눈 문자를 지웠다.

혼잣말

- 게임

점수가 많은 쪽이 이기는 게
보통 게임들의 규칙.
근데 이상해.
좋아하는 마음은
내가 훨씬 더 큰데
넌 언제나 이기고, 난 지기만 해.

- 생선 가시

 내가 편해서 좋다는 네 말이 생선 가시처럼 느껴졌던
건 왜일까.
 크게 아프진 않지만 침을 삼킬 때마다 생각이 나.
 내게선 설렘을 찾으려 하지 않는 네가 너무 미워.

Part.2

관계 앞에 찌질하지 않은 사람
어디 있나요

거름망

모든 사람 사이엔 거름망이 달려있다. 좋아하는 마음과 거름망 구멍의 크기는 비례한다. 식사 내내 거슬리던 쩝쩝 소리도 그저 배경 음악에 지나지 않게 하는 이가 있으며, 같은 말이라도 그 무게가 다르게 느껴지기도 한다.

그래도 어떤 관계건, 걸러지지 않는 덩어리가 있기 마련이다. 아무리 큰 구멍 일지라도 그것들이 쌓이고 쌓이면, 결국 그 거름망은 무게를 견디지 못해 터져버리고 만다.

우리가 그랬듯이. 거름망을 깨끗이 청소하는 방법은 진솔한 대화뿐이라는 걸 지금에야 알았다.

가끔은 아무렇지 않은 것에
아플 때가 있다

내겐 아픈 강아지가 있다. 여전히 아기 같은 그 애는 이제 죽음이 더 자연스럽다. 강아지 산소방을 렌트했다. 혀가 파래지거나 숨을 가쁘게 쉴 때 그곳에 들어가면 한결 나아진다. 응급상황에서 조금 자유로워진 것이 안심됐지만, 어쩐지 자꾸만 눈물이 났다.

심란한 마음을 잊으려 인스타그램을 켰다. 친구들이 스카이다이빙을 하러 간 소식이 떴다. 짧은 스토리를 한참 동안 돌려봤다. 스카이다이빙은 버킷리스트 상위권에 자리하고 있는 목록 중 하나였다. 고소공포증이 있지만 하늘에서 내려다보는 세상과 온몸으로 느껴지는 공기의 촉감이 궁금했다. 또 공포증에서 자유로워질 수 있는 수단이라고 생각했기에 스카이다이빙은 꼭 해

보고 싶던 일이었다.

하지만 내겐 여유가 없었다. 시간적으로나 금전적으로나 지금은 사치에 불과했다. 강아지의 병원비를 벌기 위해 아르바이트를 하고, 하루 여섯 번 시간에 맞춰 약을 먹여야 한다. 가족들에 비해 시간에서 자유로운 내가 강아지의 간병을 도맡았다.

유난히 버겁던 하루에 누군가 나의 버킷리스트를 이뤘다. 마취가 풀린 듯 갑자기 마음이 아려왔다. 사실 나와 전혀 상관없는 일인 걸 안다. 그저 그들은 계획했던 오늘을 아무렇지 않게 살아갔고, 나 또한 그랬다. 냉정히 말하면 아픈 강아지를 끝까지 돌볼 것을 아무도 내게 강요하지 않았다. 오롯이 나의 선택이었다.

인스타그램을 지웠다.

그래도 그냥 이상하게 가끔은 아무렇지 않은 것에 아플 때가 있다.

나의 우울은 나눌수록
짐이 되는 것 같아요

　그런 날이 있다. 차라리 울면 속이라도 시원한데 난 울고 싶을 때조차 맘껏 울지 못하는구나, 하는 생각에 더 우울해지는 날. 일부러 우중충한 노래를 찾아 듣고 과거에 눈이 부을 정도로 오열하며 봤던 슬픈 영화를 봐도 눈물은 쉽게 나오지 않는 날.

　그래서 슬픔을 누군가와 나누고 싶었지만, 입 밖으로 꺼내지 않았다. 슬픔을 나누면 반이 된다는 말을 좋아하지 않는다. 언젠가 내게 우울을 말해 줬던 이가 있었다. 처음엔 아무나 들을 수 없는 깊은 속 이야기를 들려 줬다는 게 각별한 사이가 된 것 같아 기뻤지만, 점점 그의 우울에 나까지 잠겨 가는 것 같아 부담스러웠다. 우울은 나눌수록 증식된다. 나의 우울을 나누기엔 그들도 이미 지고 있는 짐이 많았다.

게다가 불투명한 미래에서 오는 나의 우울과 달리, 윤곽이 보이는 진로 속에서 겪는 고귀한 이유로 고통받는 이들에 비하면 나의 우울은 너무나 보잘것없었다. 원인조차 명확하지 못한 나의 초라한 우울은 낄 틈이 없었다.

짐을 나눌 수 없는 나는 터지기 일보 직전인 입에 자물쇠를 걸어 잠갔다.

나는 겁쟁이랍니다

　나는 상처를 잘 보지 못한다. 하루는 엄마가 요리를 하다 손을 다쳤었다. 하필 동생의 부재로 집 안에 치료를 해 줄 사람은 나뿐이었다. 눈을 질끈 감고 엄마의 말로 움직이며 밴드를 붙였던 웃픈 기억이 있다.

　아르바이트를 하다 손을 베였을 때도 그랬다. 손가락이 계속 욱신거려 보니 피가 나고 있었다. 하지만 정확히 어디가 다쳤는지 자세히 보지 않았다. 얼핏 봤을 때의 고통이 2 정도라면 직면했을 땐 100으로 느껴지는 그 기분이 싫다. 그래서 제대로 치료하지 않아 내 몸 구석구석엔 흉터가 많다.

　몸에 난 상처뿐 아니라 마음에 입은 상처도 마찬가지

로 온전히 보지 못한다. 타인과의 대화에서 기분이 상하면 어느 부분 때문이었는지 명확히 짚지 않는다. 굳이 곱씹어 알아내려 노력하지도 않는다. 그것을 입 밖으로 꺼내 사과받을 용기가 내겐 없다. 그저 마음 깊이 묻어두는 게 겁쟁이가 그냥저냥 세상을 살아가는 방식이 되었다.

어릴 땐 혼자서 흔들리는 이도 척척 뽑을 정도로 용감했던 내가 훌쩍 커버린 건 키뿐만이 아니었나 보다. 어른이 되면 겁이 많아진다는 말이 아직 내겐 해당되지 않을 것 같았다. 영원히 어른이 될 수 없을 줄 알았는데, 오늘따라 이십만 일천사백팔십 시간이 거대하게 느껴지는 밤이다.

알몸

　종종 알몸으로 거리를 돌아다니는 꿈을 꿀 때가 있다. 속옷조차 걸치지 않은 채 군중 속을 거닌다. 처음엔 잠에서 깨고도 한동안 심장이 쿵쾅댔다. 정신적으로 문제가 있나 했다. 하지만 몇 번 반복되고 나니 어느새 난 알몸으로 하늘을 날기도 하고, 아주 높은 벽에서 뛰어내리기도 하고, 너무나 가보고 싶었던 나라를 여행하기도 했다. 점점 그것이 주는 자유를 즐기고 있었다. 난 당당했고 이상하게 보는 이는 아무도 없었다.

　아담과 이브가 뱀의 꼬임에 넘어가 선악과를 먹지 않았다면 지금 세상은 어땠을까. 모두가 거추장스럽게 몸을 감싸고 있는 모든 것들을 떨쳐내고 자유로울 수 있었을까.

아니. 사실 우리는 모두 보이지 않는 옷을 한 겹 더 입고 살아간다. 그걸 난 마음의 옷이라고 부른다. 잘 웃는 아이, 라는 칭찬에 두꺼운 몸뚱어리를 욱여넣는다. 몸의 굴곡이 다 보일지라도 해맑아 보이는 편이 훨씬 낫다. 초자연 상태의 난 이미 구석구석 때가 탄 지 오래다.

깊은 우울이 있고 나에게 올 이득을 먼저 생각한다. 가끔은 도덕적으로 문제 될 만한 것들도 품는다. 사람들과 대화를 나눌수록 더 많은 옷을 껴입는다. 마음을 볼 수 있었다면 아마 세상에서 가장 많은 옷을 입은 인간으로 기네스북에도 등재되지 않았을까.

오늘은 왠지 만인의 앞에서 스트립쇼를 하는 꿈을 꿀 것 같다.

특권의 결핍

하루는 달주와 함께 LP 바에 방문했다. 선곡도 좋고 가격도 저렴해 홍대에 가면 자주 들리는 곳이었다. 오픈 시간에 맞춰 가니 손님은 우리뿐이었다. 좋아하는 노래들을 신청하고, 냉장고에서 맥주를 꺼내 자리에 앉았다. 우린 대화보단 음악과 벽면에 붙은 쪽지들에 집중했다. 자신을 괴롭게 하는 고민, 몽글몽글한 사랑의 추억 등 다양한 삶들이 그곳에 담겨있었다. 병나발을 불며 꿀꺽꿀꺽 삼켜댔던 맥주 때문이었을까, 이상하리만큼 기분이 좋았다. 갑자기 편지가 쓰고 싶어졌다.

- 우리 서로한테 편지 써줄래?

뜬금없는 제안이었지만, 달주는 좋다고 했다. 그렇게

우리는 각자 생각에 빠졌다. 단 1초의 공백 없이 이어지던 대화와 달리, 편지에는 어떤 주제를 말해야 할지 떠오르지 않았다. 천천히 그날을 되돌아봤다. 어느 것 하나 아쉽지 않은 하루였다. 맛있는 타코 집에 갔고, 관심 있던 주제의 전시를 봤다. 마지막까지 좋아하는 LP 노래를 들으며 편한 침묵을 즐기고 있었다. 이 모든 건 지구라는 행성 중, 대한민국 서울 00구 같은 아파트에 살며, 1999년에 태어나 세하 유치원을 다닌 타코와 LP를 좋아하는 여성과 함께여서 가능한 일이었다. 평범한 외출이 얼마나 대단한 확률로 이뤄졌는지 알고 나니 새삼 편지를 쓸 메모지가 부족해 보였다. 난 가끔 혼자 상상하다 기분이 하이(high) 해지는 경향이 있다. 최대한 티 내지 않고, 필요한 말만 꾹꾹 눌러 적었다.

　세상에 나와 같은 취향을 가진 사람을 곁에 두고 있다는 게 얼마나 큰 행복일까
　세상에 사랑받으려 노력하지 않아도 자연스레 서로 사랑하고 의지할 수 있는 사람이 있다는 게 얼마나 큰 행복일까
　아마 난 그것들이 다른 사람들에게 얼마나 소중한 지

평생 모르고 살 거야.

늘 네가 곁에 있어 내가 특권처럼 누리고 살아왔던 것들이니까. 바보같이 이제 알았네.

이제라도 달주 네가 주는 특권의 결핍을 잊지 않고 감사하며 살아갈게. 정말 고마워.

막상 편지를 바꿔 읽으려니, 감성에 젖은 진심이 낯간 지러웠다. 그래서 우린 편지에 대해 코멘트는 하지 않기로 약속했다. 그걸 읽어가며 자연스레 지어지는 표정은 숨길 수 없었지만.

잔잔한 발라드 음악이 끝나고 익숙한 노래가 흘러나왔다.

"노래 좋다. 제목 알아?"

달주가 물었다.

"빛과 소금의 오래된 친구."

내가 답했다.

"너 말대로 사장님 선곡 센스 맛집이네."

그렇게 웃긴 말은 아니었는데 달주의 너스레에 우리
는 한참을 깔깔댔다.

오케이 피플은 이제 없어!

언젠가부터 남이 보는 나와 실제 나 사이 간격이 멀어지는 걸 느꼈다. 딱히 가시를 세우지 않았을 뿐인데 부드러운 사람이 됐다. 굳이 선을 벗어나지 않았던 건데 착한 사람이 되어 버렸다. 거절이 어려워 승낙했던 부탁들은 나를 오케이 피플로 만들었다. 겉과 속이 같다면 좋으련만, 그렇지 않기에 나를 둘러싼 긍정적인 평가들이 부담스러워졌다. 진짜 나를 본다면 한 걸음씩 멀어질 거라는 부담감이 휘몰아쳤다.

'우선 무조건 괜찮다고 하는 것부터 고쳐봐. 넌 너무다 오케이야.'
내 고민을 듣던 만경이가 말했다.

매일 눈물 속을 헤엄치며 살았지만, 안부를 묻는 말에 그럭저럭 괜찮다고 했다. 주문한 아이스 아메리카노가 뜨겁게 나와도 괜찮다고 했다. '괜찮아' 한 마디면 모든 복잡한 상황이 해결되는 게 편했다.

이젠 불편하더라도 조금씩 괜찮지 않은 나를 드러내야 할 때가 왔다.

오늘부로 습관적 괜찮음에서 벗어나 보려 한다.

농담 판독기

1.

호불호가 극명한 릭 앤 모티는 미친 천재 과학자 할아버지와 그의 손자 모티의 모험을 담은 미국 애니메이션이다. 주로 외계 행성과 상상의 세계로 떠난다. 영화 백투 더 퓨처에서 모티브를 따온 만큼 어디서든 접해보지 못한 SF 요소들이 다양하게 등장한다. 지극히 현실적인 이야기를 좋아하던 나는 릭 앤 모티를 만난 후 망상의 스펙트럼이 넓어지는 걸 느꼈다. 이것이 내가 릭 앤 모티를 사랑하는 이유다.

2.

농담. 나는 종종 이 단어가 포장지 같다고 생각한다. 상대의 말이 어떻게 받아들여지건 '농담'이란 단어가 붙으면 일단 웃고 보니까.

 하염없이 움직이는 저 입을 보며 망상에 빠졌다. 만약 내가 릭이었다면 거짓말 탐지기처럼 농담 판독기를 만들 것이다. 아주 작은 칩으로 만들어 투명 모티들을 시켜 상대방 귀에 몰래 장착한다. 그리고 농담을 듣는 사람의 기분이 나쁠만한 뉘앙스가 감지되면 미세 초음파들이 울린다. 남들에겐 아무것도 들리지 않지만 농담의 발신자에게는 귀가 찢어질만한 소리가 계속된다. 그러면 말 같지도 않은 소리를 뻔뻔하게 하는 사람들이 조금은 없어지지 않을까? 물론 이것들도 다 농담으로 하는 말이지만.

 사실 상대에게 내 기분이 상했음을 표현해야 하는 것이 올바른 방법이란 걸 안다. 하지만 상대를 언짢게 하는 것보다 나 하나 꾹 참는 것이 편한 나는, 여전히 음흉한 상상 속에서 또 다른 발명품을 만들어낸다.

집에 가기 싫어요

　INFP 인간으로 살아오며 가장 억울했던 순간을 뽑자면 20대 초반, 아르바이트 회식 날이다. 인생 처음 한 회식은 걱정과 달리 정말 즐거웠다. 먼저 질문한다거나 분위기를 이끄는 적극적인 태도는 보이지 못했지만 나름 손뼉까지 쳐가며 열정적으로 대화에 참여 했다. 한창 사장님과 언니들의 이야기가 재밌어질 때쯤, 2차 이야기가 나왔다. 모처럼 첫 회식이 이대로 끝이 나는 게 아쉬웠다.

　"억지로 가는 거면 안 가도 돼. 갈 사람들만 가는 거니까. 계속 불편했지? 혹시 말 못 하겠으면 내가 말해줄까?"

호프집으로 가기 위해 겉옷을 입고 있었는데 매니저 언니가 귓속말로 내게 말했다. 너무나도 착하게. 나를 걱정하는 그 눈을 실망시키면 안 될 것 같았다.

"내일 1교시가 있긴 해서…."

가짜 수업까지 만들어가며 회식 자리를 나왔다. 집에 가기 싫었는데. 돌아가는 길 버스 창가에 앉아 곰곰이 생각했다. 내 진심과는 반대로 상황이 흘러갔던 경우들이 종종 있었다. 한창 이야기 주제에 흥이 오를 때마다 만경이는 내게 불편하면 이야기하지 않아도 된다고 했다. 또 무척 갖고 싶었던 선물을 받았을 때도 마음에 들지 않냐는 말을 듣기도 했었다. 미묘한 상황들이 MBTI가 유행하고 나서야 해결됐다.

"인프피 특징이야. 집에 가고 싶어 보이는데 속으로는 정말 즐기고 있는 거."

여전히 가고 싶으면 가도 된다는 이야기를 듣지만, 전처럼 가짜 스케줄을 만들어내는 대신 나를 설명한다.

애초에 밖으로 나가지 않는 내가 당신을 만났다는 것부
터 그대를 좋아한다는 것임을 알아줬으면 한다.

혼잣말

- 대화

    대화는 상대의 세상을 여행할 수 있는 유일한 방법이다. 세계지도에 수많은 나라가 있지만, 사람만큼 매력적인 여행지는 없다. 수천억을 들여도 가지 못할 유일한 곳이기도 하다. 그래서 난 대화를 좋아한다.

- 사랑의 순환

사랑은 물과 같아서 순환되어야 한다. 그렇지 않으면 모든 생명체들은 생명력을 잃게 된다. 또한 어딘가 고이게 되면 썩어가기 마련이다. 그렇기에 받은 사랑을 아까워하지 않고 나누기로 했다. 미련 없이 보낸 사랑은 돌고 돌아 언젠가 다시 내게 오게 될 테니까.

Part.3

나 하나쯤 찌질해도
괜찮아

우선 순위

"너는 미래에 어떻게 살고 싶냐?"

빈 잔을 채우며 친구가 물었다. 묘한 공백을 채우기 위해 만든 대화거리인지, 정말 궁금했던 건지 지금까지 알 순 없지만 난 쉽게 답하지 못했다. 그런 질문은 처음이었다. 가끔 군 휴가를 나오는 애들의 질문이 남들보다 심오하다고 느껴질 때가 있다. 그냥 모르겠다고 했다. 그러곤 짠도 하지 않고 소주를 삼켰다. 냉큼 자신의 이야기를 하는 친구의 말소리를 안주로 대신했다. 다행히 나의 대답이 대화하기 싫어하는 사람처럼 보이지 않아 다행이라고 생각도 했다. 예전부터 닮고 싶었던 많은 이들이 떠올랐지만, 감히 내가 그런 모습을 꿈꾼다는 게 우스워 보일까 봐 말을 아꼈다.

365일 일이 힘들다는 말을 달고 살지만 그 분야에서 대체할 수 없으며 막상 일하면 눈빛이 돌변하는, 늘 노트북이 손에서 떠나지 않는, 매번 수익의 일부를 기부하고 짚 차를 타고 다니며 유기견 보호 센터에서 매주 봉사활동을 하는, 모르는 게 없어 어떤 이와도 대화가 잘 통하며 두루두루 남들과 잘 지내는 그런 여성의 모습을 머릿속에 그렸다. 친구의 목소리는 술집의 시끄러운 음악 소리에 묻힌 지 오래였다. 기계적인 반응을 이어가며 계속 나만의 매너리즘에 빠졌다. 어느덧 대화 주제는 오늘 했던 보드게임으로 넘어가고 있었다.

오랜 상상 속의 내가 되려면 당장 해야 할 일이 너무 많았다. 어디부터 해나갈지 감이 안 잡혔다. 그래서 그냥 아무것도 하지 않았다. 무기력한 날들이 계속됐다. 친구가 훈련소를 들어가 말년 휴가를 나올 때 동안 어떤 일도 이뤄내지 못했다. 그저 누군가 인생의 황금기를 향해 달려가는 모습을 구차하게 출발선 안에서 지켜보며 부러워할 뿐이었다.

"가끔 보면 너는 전략을 너무 자세하게 짜더라. 조금

만 빗나가면 바로 져버릴 정도로. 큰 그림부터 그려야지. 색칠 먼저 할 게 아니라."

친구의 말이 맞았다. 게임뿐만 아니라 삶에서도 그랬다. 이상하게 노트북 배터리가 100까지 차지 않으면 글이 써지지 않을 것만 같은 느낌이 들었다. 한 글자도 못 쓰는 내 모습을 마주하기 싫어 완충될 때까지 할 일을 모두 미뤘다. 그러다 보면 자연스레 아무것도 하지 않은 하루가 반복됐다. 이 꼬리의 꼬리를 무는 무기력함을 없앨 방법을 저 애한테서 찾을 줄은 꿈에도 몰랐다.

무기력함의 원인이던 구체적인 미래를 지워보기로 했다. 그렇다고 YOLO를 택한 건 아니었다. 스케치 정도는 남겨뒀다. 내일 있을 약속을 예로 들어 보자면, 무슨 옷을 입고 무얼 먹고 어떤 교통 편을 이용 할지까지 만 정했다.

어떤 발을 먼저 내디딜지, 몇 도의 물을 마실지, 어느 쪽부터 양치할지, 무슨 색의 립스틱을 바를지는 생각하지 않기로 했다. 그 정도의 디테일은 내일의 내게 맡기기로 했다. 그동안 쌓아온 경험으로 충분히 해결할 수 있으리라, 굳게 믿어보려 한다.

  점점 현실적으로 먼저 해야 할 우선순위들이 눈에 보였다. 천천히 출발선 위로 발을 뻗기로 한다. 하나둘 해치우다 보면 언젠가, 단단한 내가 수많은 시간 속에 손을 맞잡고 있겠지. 넘어진다 한들 과거의 내가 다시 일으켜줄 수 있도록. 내 미래는 열린 결말로 남겨두려 한다. 지금 이 술자리에서도 해야 할 일이 떠올랐다.

  "이효리. 이효리 같은 멋진 사람이 되고 싶어."

  친구는 한참 재밌어지는 군대 썰을 끊었다며 구박했지만, 아랑곳하지 않고 술잔을 들어 건배했다.

때론 간단함이 답일 때가 있다

한동안 관자놀이에 생긴 습진 때문에 고생한 적이 있다. 멋대로 생겨난 뾰루지 하나는 점점 세력을 넓혀갔다. 애매하게 나을 듯 말 듯 한 밀고 당기기에 질려 피부과에 갔다. 단번에 그것들의 뿌리를 뽑을 수 있는 처방을 기대했다.

"안경을 바꾸셔야 해요. 일단 간단한 연고 드릴게요."

3분도 걸리지 않고 의사는 진단 내렸다. 순간 돌팔이가 아닐까, 의심했다. 명쾌하긴 했지만, 어딘가 찜찜했다. 병원에서 받아온 처방에도 습진은 사라질 기미가 보이지 않았다. 그렇게 매일 발라야 하는 연고도 잊은 채 습진과의 공생이 시작됐다.

그러던 어느 날 무심코 얼굴을 쓸어내리다 그것의 부재를 깨달았다. 다시 벗어 놓은 안경을 쓰며 난 작게 탄식했다. 아, 의사의 말이 맞았구나. 지독하게 시달리던 습진을 단번에 사라지게 한 건 비싼 연고와 약이 아닌, 얼마 전 철제 안경이 부러져 그 역할을 대신하고 있던 뿔테안경이었다.

　때때론 간단함이 답일 때가 있나 보다.

우리 모두 해피 뉴 이어! (2022)

달콤한 음료를 마시고 케이크를 먹으면 그 맛이 잘 느껴지지 않을 때가 있다.

나의 우울도 그랬다. 너무 깊은 슬픔을 맛본 후엔, 얕은 우울을 비롯한 다른 기분은 잘 느껴지지 않았다. 우울에 감춰져 온전히 느낄 권리가 있는 소중한 감정들을 더는 잃고 싶지 않았다.

그래서 난 오늘부로 우울 중독에서 벗어나 보려 한다. 부디 올해는 다양한 맛을 느낄 수 있는 내가 되기를, 그대들이 되기를 조심스레 바라본다.

늦었지만 모두 해피 뉴 이어!

결승선

문을 열면 그림자마저 삼킨 어둠이 펼쳐져 있더라도,
우선 앞으로 나아갑시다.

많은 걸음을 걷지 않아도 좋습니다.
잠시 뒤로 주춤해도 괜찮아요.
멈추지만 마세요.

무의미하게 느낀 오늘 내딛은 한 걸음은
언젠가 닿을 결승선에 한 발짝 가깝게 만들었으니까요.

궁궐을 지은 공주

앨범 정리를 하다 재밌는 사진을 발견했다. 계곡에서
찍은 사진이었는데, 모두 웃고 있는 반면, 나 혼자 온갖
얼굴을 찡그리고 있었다. 이유는 오른팔에 두른 깁스
때문인게 분명했다.

어릴 때 꿈은 궁궐에 사는 것이었다. 그러려면 새하얀
공주 드레스를 입고 멋진 왕자와 결혼을 해야 했다. 괜
히 엄마 구두를 신고 걸음걸이를 연습하다 깁스 신세를
지게 됐다. 덕분에 여름휴가로 간 계곡에서 그늘에만
앉아있어야 했다. 공주의 필수 조건인 시련쯤으로 여기
기엔 너무나 갑갑했다.

책장을 가득 채웠던 책 중 직접 궁궐을 지은 공주의

이야기는 없었다. 어른이 된 나는 왕자와의 결혼이 아닌 재테크와 주택청약 통장만이 내 궁궐을 가질 수 있다는 걸 안다.

홍대병

내겐 고질병이 있다. 홍대병이라 알려진 이 병은 보통 대중적인 것을 거부하는 사람들에게 진단 내려진다. 패션, 영화 등 다양한 분야에서 바이러스가 발견되며 그중 난 음악 분야에서 심하게 앓고 있다.

아마 초등학생 때부터였을거다. 남들과 다른 싸이월드 BGM을 위해 온갖 사이트를 뒤지던 아이는 훗날 새로운 노래를 찾으려 반나절을 보내는 어른으로 자라났다. 수년간 투병 생활을 하며 나름의 규칙도 생겼다. 무조건 유명하지 않다고 합격을 받을 수 있는 건 아니다. 물론 낯선 가수의 노래일수록 뿌듯함 수치는 높다. 아, 만약 유명한 가수라면 트랙 리스트의 타이틀곡과 두 번째 곡보단 뒤에 담긴 노래가 좋다. 내가 이 앨범을 끝까지 다 들었다는 걸 증명할 수 있으니까.

하지만 아무리 어렵게 찾아낸 노래일지라도, 주변 누군가의 플레이리스트에 담겨있다면 가차 없이 내보낸다. 그렇게까지 하는 이유가 뭐냐고 묻는다면, 그냥, 남들이 모르는 걸 알고 있다는 건 날 특별한 사람이 된 것 같은 기분을 준다. 딱히 고치고 싶은 마음은 없다.

누구에게나 유난인 부분은 하나씩 있다. 내 친구 동글이는 더러워지는 게 싫어 자취방에서 음식을 먹지 않는다. 소린이는 스무 살 이후로 계속 자신이 좋아하는 붉은색 머리를 유지하고 있다. 조금의 뿌리도 용납하지 못해 부지런히 염색한다. 굳이 홍대병처럼 표현하자면 동글이는 깨끗 병, 소린이는 레드 병이겠지. 나도 그저 흔하지 않은 노래 찾기에 진심인 사람일 뿐이다.

남에게 피해가 가지 않는 선에서라면, 우린 얼마든지 유난스러워도 된다. 아니, 유난스러워야 한다. 뭐든 그저 그런 내가 음악에선 확실한 취향이 있는 것처럼, 유난은 진짜 나를 만들어 주기도 하니까.

수신인 불명

잘 지냈냐는 네 질문에 처음으로 아니었다고 말할래.
너무 걱정하지는 마. 어느 정도 지금은 괜찮아졌으니.

사실 요즘 누군가 스포이드로 행복이란 감정만 쏙 빼
간 것 같았어. 그 자리엔 우울과 불안이 들어섰어. 아마
미래에 대한 불안, 막막함 같은 거였겠지.
그러다 문득 행복은 늘 같은 자리에 있었는데 너무 익
숙해 존재를 잊고, 익숙지 않은 우울함에 모든 신경을
쏟아부은 건 아니었나 생각이 들더라.

사실 난 엄청 사소한 일로도 행복을 느낄 수 있는 사
람이거든. 예를 들어 작년 말 우리 집에서 맛있는 음식
을 먹으며 코코를 봤을 때, 해 질 녘 노을이 질 즈음 집

으로 돌아가는 버스를 탔을 때, 시원한 바람을 맞으며 멍 때릴 때 같은 거 말이야.

없어진 게 아니라 다른 것에 가려져 있었던 거야.
그걸 깨달으니 지난 우울에 빠져 행복을 느껴야 할 순간에도 그러지 못했던 지난날이 너무 아쉬웠어. 웃고 있더라도 마음 한 편에는 늘 불안들이 자꾸만 행복을 가리려 들었거든.

사실 나만 그런 건 아니라고 생각해. 열 살에 만난 우리가 어느덧 스물 중반을 살며 많은 뒤엉킨 감정들을 느끼고 있을 거야.

그래도 우리 소소한 행복을 온전히 느낄 수 있는 사람이 되자. 너도, 나도,
쉽진 않겠지. 이 편지를 쓰는 지금 나도 다짐처럼 되진 않거든. 그래도 차근차근 노력 중이야.

계속해서 쌓아 가다 보면 언젠가 우리의 복잡한 마음들도 행복에 가려질 날이 오지 않을까?

행자씨

　남행자. 한 번 들으면 쉽게 잊기 힘든 이름을 가진 나의 외할머니다. 행자는 문학을 좋아했다. 글을 쓰고 싶었지만, 입가에 맴도는 말을 글자로 적을 줄 몰랐다. 고사리 닮은 소녀의 손엔 연필이 아닌 국자가 쥐어졌다. 세월은 그녀의 손에 무수히 많은 상처를 남기며 지나갔다.

　그래서였을까, 유독 행자는 내가 글 쓰는 것을 좋아했다. 작은 백일장에서 상이라도 타면, 등단이라도 한 듯 좋아하던 모습이 지금까지 기억난다. 하루는 대회에 필요한 시를 썼던 날이었다. 마침 주제가 '할머니'여서 행자에 관해 썼었다. 입상하지 못했기에 당당히 보여주지 못했다. 하지만 그 시를 본 행자는 눈물을 흘렸고, 산에서 모르는 사람들에게도 자랑해 주었다.

 행자의 자랑에는 늘 '나를 닮아서'가 들어가 있었다. 어쩌면 상을 받은 '내'가 아닌, 당신이 꾸지 못한 그 꿈을 향해 한 발짝씩 나아가는 '내'가 기특했던 것 같다. 그런 그녀의 모습은 지금까지 내가 글을 쓰게 된 원동력이 되었다. 내가 글을 쓰는 수많은 이유 중 하나는 행자의 꿈을 이루기 위해서도 있다. 나의 꿈은 곧 행자의 꿈이다.

 네 번의 결혼식과 스물여덟 번의 입학식을 거치고 나서야 행자는 야간학교에 입학했다. 외삼촌이 수학을 못했던 이유가 자신을 닮아서라는 걸 알게 됐다. 처음으로 산에서 외국인 친구를 만들어보았다. 가슴속 응어리로 남아있던 말들을 비로소 종이에 옮길 수 있게 되었다.

 달력 뒷장에 자신만의 시집을 만들어가는 행자 씨를 세상에서 제일 존경한다.

바삭함의 조건

코로나의 여파로 떨어진 매출에 사장님은 한 가지 묘안을 냈다. 배달을 늘리기 위한 생크림 듬뿍 와플 판매가 시작됐다. 덕분에 다시 주문이 늘었고, 알바생들은 전우애가 무엇인지 알 수 있는 계기가 되었다. 같은 '바쁨'의 상태일지라도 와플이 있고 없고의 차이가 어마어마했다. 하나뿐인 와플 기계 덕분에 동시에 여러 개가 들어와 버리면 포화상태가 시작됐다. 게다가 아무리 주문이 밀렸을지라도 무조건 2분 이상 와플을 식히라는 사장님의 당부는 알바생의 난을 일으키기에 충분했다.

무작정 사장님의 말을 거역할 수는 없었다. 같이 일하는 친구와 함께, 식힌 것과 그렇지 않은 것을 먹어보고 별 차이가 없으면 사장님께 당당히 레시피 변경을 요구

하기로 했다. 와플 기계 마감 시간을 이용해 실험을 시작했다. 당연히 별 차이 없을 것이라고 생각했다.

하지만 기대와 다르게 식히지 않은 와플은 눅눅했다. 눅눅함과 생크림의 조화는 느끼함 그 자체였다. 2분 동안 선풍기 앞에 있던 것은 만지기 만해도 바삭함이 느껴졌다. 우린 마주 보며 허탈한 웃음을 지었다. 퇴근 시간을 한참 넘기며 얻은 건 경솔함뿐이었다.

집으로 돌아가는 길, 어쩌면 식혀지는 시간을 가져야 하는 건 와플만이 아닌 것 같았다. 얼마 전 우정을 정리한 친구가 생각났다. 무엇이든 함께해야 하는 그 애와 혼자 시간을 보내는 걸 좋아하는 나 사이에 점점 서로의 불만이 생겨나기 시작했다. 같은 말이라도 그 애만 뉘앙스가 다르게 느껴졌다. 의무적인 연락과 만남 속에서 우린 정말 필요한 대화가 무엇인지 알아채지 못했다. 불만은 쌓이고 쌓여 우리 사이에 긴 다리가 놓이게 되었다. 반대편 상대방의 모습이 보이지 않았다. 내게 건너오던 그 애를 마주하기 힘들던 난 다리를 잘라버렸다. 여린 아이였는데. 이기적인 선택의 결과는 엄청난 후회의 폭풍을 일으켰지만 이미 낸 상처를 전으로 되돌릴 방법은 없었다.

　지금 와 생각해 보면 우리에겐 잠시 쉬는 시간이 필요했다. 멈춰 서서 서로의 속내를 진솔히 이야기 할 시간 같은 것 말이다.

　와플처럼 인간관계에도 잠시 식히는 시간은 필요하다. 지친 관계가 있다면 단 2분이라도 식힘을 가지며 나처럼 어리석은 섣부른 판단을 하지 않길 바란다.

　잠깐 식힘, 그 후엔 더욱 바삭한 사이가 기다리고 있을지도 모른다.

0점 맞은 나도 잘 살아요

나는 수학이 정말 싫다. 나의 깊은 수학 혐오는 기억조차 잘 나지 않는 시절부터 시작됐다. 그렇다고 수학 포기자는 아니었다. 과외까지 받아 가며 수학과 친해지려 노력했다. 누군가 내게 세상에 돈을 주고도 살 수 없는 것이 무엇이냐 묻는다면, 시간과 젊음 그리고 수학 실력이라 답할 것이다. 그걸 뼈저리게 느낀 날을 아직도 생생히 기억한다.

고등학교 1학년, 춘추복을 입던 계절 어느 날이었다. 위층 친구와 놀다 수업 종이 울려 교실로 돌아오던 중 담임 선생님을 만났다. 평소 환하게 웃어주시던 모습이 아닌 울상으로 내게 이번 수업이 끝나고 찾아오라고 했다. 정확히는 '세연아, 너 수학 점수 때문에 할 말이 많아.'라고 하셨다. 원래도 50점을 간신히 넘었기에, 그것보다 좀 떨어져 걱정하시는 줄 알았다.

히터가 빵빵하게 틀어져 있음에도 온몸이 서늘해질 수 있다는걸, 그날 내 점수를 보고 알았다. 선생님이 보여준 성적표에 당당히 0이 가슴을 빳빳이 펴고 있었다. 아무 생각이 나지 않고 눈가가 시큰해졌다. 시험 종료 시간까지 열심히 문제를 풀었기에 더욱 놀랐다. 심지어 서술형 문제 부분 점수마저 받은 게 없었다. 이달의 학생에 두 번이나 당선돼 쌓여있던 신뢰가 와르르 무너지는 것 같았다. 애써 눈물을 참으며 선생님께 절대 시험에 대충 임한 게 아님을 설명했다. 다행히 선생님은 나를 믿어주셔서 한 시간 넘게 다정한 위로와 솔루션을 받을 수 있었다.

하지만 전날 핫식스까지 마셔가며 불태웠던 수학의 배신으로, 더는 문제집과 사교육은 찾지 않았다. 4번으로 쭉 찍으니 훨씬 높은 점수를 받게 되는 미스터리함을 겪으며 고등학교를 졸업했다.

가장 부끄러웠던 기억은 시간이 흘러, 실패가 두렵지 않은 사람으로 만들어주었다. 0점을 맞았지만 지금까지 그럭저럭 괜찮게 살아왔던 것처럼, 좋은 결과를 내지 못하더라도 또 어떻게든 잘 살아갈 테니까. 지긋지긋한 수학은 높은 점수 대신 더 값진 것을 줬을지 모른다.

"야, 괜찮아. 0점 맞은 나도 잘 살아."

당시 정말 친한 친구들한테만 말하던 창피한 비밀로 이젠 도전을 두려워하는 이들에게 응원과 위로를 건네고 싶다.

우물 안 개구리

1.

 처음으로 글을 썼던 날이 아직도 눈에 그려진다. 유치원에서 백일장 비슷한 게 열렸다. 봄바람에 살랑거리는 나뭇잎과 노랗고 강하게 내리쬐던 햇볕, 그리고 운동장에서 뛰어놀던 아이들. 정확한 내용은 기억이 나지 않지만 대충 이런 풍경을 보고 느꼈던 감정들을 시로 써 내려갔던 것 같다. 그 시를 보고 엄마는 글을 쓰게 해야겠다고 생각했다. 그렇게 첫 스승님을 만나게 되었다. 말을 잘하지 못해 글로 정리된 생각을 표현하는 게 좋았던 것 같다. 매주 글짓기 수업이 있는 목요일을 기다렸다. 줄곧 백일장에 나가 상을 받아오기도 했다. 그런 나를 우리 엄마는, 아빠는, 외할머니는 좋아했다. 작가가 되고 싶었다. 어느 것 하나 특출난 것 없는 내가 처음으로 인정받았던 게 글쓰기였으니까.

공부에도 그리 재능은 없었다. 내가 대학교에 갈 수 있
는 유일한 방법 또한 '글쓰기'가 되었다. 그렇게 쓰고 싶
은 게 아닌, 써야 하는 글을 쓰며 목요일은 더 이상 오지
않았으면 하는 날이 되었다.

"우물 안 개구리"

운 좋게도 문창과에 진학할 수 있었다. 과제를 마치고
꺼진 노트북 속 비친 내 모습을 보고 제일 먼저 든 생각
이었다. 개구리는 겁먹지 않은 척 높게도 뛰어보고, 우
렁차게 울어도 보았다. 그리 유명하지 않은 학교에서조
차 내 이름을 알리지 못했다. 학교뿐 아니라 세상에 글
을 잘 쓰는 사람들은 너무나 많은데, 감히 내가 낄 곳이
아니었던 것을 깨달았다.
우물은 아무리 고개를 돌려봐도 축축하고 어두운 벽
돌들뿐이었다. 개구리는 인정과 동시에 다짐했다. 더는
글을 쓰지 않겠다고.

그렇게 개구리는 겨울잠에 들었다. 우물 안은 계절이
없다.

겨울, 겨울, 겨울, 겨울 그리고 또 겨울이다.

2.

2년 정도 잠에 들었나 보다. 눈을 뜬 이유는 별거 없었
다. 잠을 자는 게 지겨웠다. 계속 누워있으려니 이곳저
곳이 쑤셔대고, 고여 있는 우물에서 악취가 점점 풍겨
왔다. 무엇보다 자연사하기 전까지 77년을 더 겨울잠에
빠져있어야 하는 게 진절머리 났다.

그동안 많은 꿈을 꾸기도 했다. 그중 나름 흥미가 있던
카페를 차려볼까 하는 생각도 했다. 이리저리 알아보던
중 전국에 카페 개수가 무려 11만 개라는 걸 알게 됐다.
나보다 실력이 뛰어난 사람들과의 경쟁이 두려워 도망
친 곳도 만만치 않은 세계였다. 오히려 더욱 치열한 곳
이었다. 그 속에서 살아남은 곳들은 모두 카페만의 특
색이 있었다. 특별한 시그니처 메뉴와 인테리어들이 그
곳을 꼭 가야 하는 이유를 만들어주었다.

우물을 벗어날 수 있는 법을 찾아냈다. 내가 아니면 안 되는 '나만의 글'을 써야했다. 문득 개구리는 다시 우물 밖이 궁금해졌다. 두 번 헤엄치면 머리가 닿는 곳에 하늘이 있다. 괜히 기지개를 켜 본다. 괜히 자신의 팔다리가 잘 달려있는지 확인해 본다. 그리고 소심하게 발에 힘을 줘 뛴다.

흰둥이

흰둥이가 아프기 시작했다. 점점 심장이 커지는 병이라고 했다. 완치는 없고 약으로 진행을 늦추는 게 유일한 치료법이었다. 인생의 반보다 많은 시간을 보낸 존재와의 이별은 상상조차 하기 싫은 두려움이었다. 흰둥이를 위해 살기 시작했다.

누군가는 유난스럽다 했지만, 언제나 난 몇 퍼센트 부족했다. 유튜브에서 같은 병을 앓고 있는 강아지를 본적이 있다. 자동으로 온도와 습도가 맞춰지는 방이 따로 있었다. 으리으리한 의료시설이 갖춰진 곳으로 진료를 다녔다. 윤기나는 털을 뽐내고 있는 썸네일을 한참동안 바라봤다.

고작 동네 동물 병원도 벅차하는 내가 너무 볼품없었고 미안했다. 돈이 없어 이별을 준비할 기간도 짧은 게 아닐까 하며 나를 원망했다. 그런 생각이 들 때마다 더욱 약을 먹이는 것에 집착했다. 그래야 조금이라도 더 오래 함께일 수 있을 것 같았다.

어느 날, 흰둥이가 생사를 오가던 날이 있었다. 숨을 가쁘게 쉬며 산소호흡기도 거부하던 그 애의 눈은 계속 엄마와 나를 향해있었다. 우리는 밤새 흰둥이를 어루만져 주었다. 고통스러워하는 그 애를 보며 그날 밤 처음으로 흰둥이에게 힘들면 그만해도 된다고, 내 곁에 더 있어 주지 않아도 된다고 말했다.

다행히 흰둥이는 여전히 잘 지내고 있다. 많은 걸 느낀 밤이었다. 흰둥이와 나의 행복은 병원과 약에서 오는 게 아니었다. 우린 함께 산책하고 잠을 자고 눈을 맞추며 감정을 공유하는 걸 좋아한다. 우리에겐 으리으리한 병원도 최첨단 기술의 방도 아닌, 서로면 충분했음을 깨달았다.

오줌싸 개

1.

축축한 느낌이 들어 눈을 떴다. 옆에서 곤히 자고 있는 흰둥이의 뒷다리와 이불이 흠뻑 젖어 있었다. 이불을 욕조에 담그고 조심스레 흰둥이의 몸을 닦였다. 처음 그 애가 이불에 실례를 했을 때 헐레벌떡 병원에 갔었는데. 이제 축축한 기상은 일상이 되었다.

2.

노견이 되고 아프기 시작한 후로, 흰둥이는 자주 풀이 죽었다. 예전엔 바라만 봐도 앙! 하며 새끼발가락을 물던 당당한 서열 0위의 모습은 사라진지 오래였다. 세탁기에 이불을 넣고 뒤를 도는데 흰둥이와 눈이 마주쳤다. 한껏 귀를 젖히고 엎드려 나의 눈치를 살피고 있었다. 발가락이 욱신거리며 저려 왔다. 그 애 앞에서 속상한 티 낸 적 없다고 생각했는데, 언어를 초월한 우리의 소통은 말하지 않아도 알 수 있는 지경에 다 다른 걸까. 아픈 건 잘못한 게 아닌데. 미안해하는 흰둥이에게 미안했다.

"오줌싸개, 괜찮아."

그 애 앞에 쪼그리고 앉아 얼굴을 쓰다듬었다.

사실 나도 보송하지 못한 아침으로 엄마의 속을 썩였던 때가 있었다. 또래보다 늦게까지 실수를 한 탓에 엄마와 외할머니는 온갖 민간요법을 알아왔다. 은행이 좋다는 말을 들곤 매일 자기 전 구운 은행을 먹고 잠에 들기도 했다. 우리의 소망이 이뤄지지 않을 때마다 엄만 날 오줌싸개라 부르며 꼭 안아 주었다. 부끄러운 단어에 엄마 품속으로 파고들었지만, 이제 그 별명엔 어떤 의미가 담겨 있었는지 짐작이 갔다. 흰둥이와 처음 만났을 때만 해도 나의 것이던 애정 어린 별명은 어느새 흰둥이 것이 되었다.

전시회는 계속될 거예요

열아홉, 스무 살을 앞두고 제일 처음 새운 버킷리스트는 타투 하기였다. 단순히 멋있어 보여서라기보다 나름의 신념을 위해서였다. 사회로 나가 타투가 있어 하지 못하는 고리타분한 일을 하며 살지 않겠다는, 여고생의 패기로움이었다. 모두가 성인이 되자마자 닥치는 대로 타투를 받을까 봐 걱정했지만 다행히 그런 일은 없었다. 당당하게 말은 뱉었지만 사실 평생 지우기 힘든 무언가를 새긴다는 게 섣불리 행동할 수 없게 했다. 고민은 일 년 동안 계속됐고, 마침내 스물한 살 생일 즈음에 어깨에 첫 타투가 새겨졌다. 흰둥이와 나를 담은 도안이었다.

역시 무엇이든 처음이 어려운 법이다. 그 후 내 몸엔 다양한 타투이스트들의 전시회가 열렸다. 아마 한 번도 타투를 새기지 않은 사람은 있어도, 하나만 새긴 사람은 없을 것이다.

가끔 주변에서 나중에 후회하지 않겠냐는 질문을 받는다. 사실 타투는 후회의 예술이라 표현하는 이가 있을 정도로 후회의 연속이다. 물론 그 후회가 '하지 말걸.'보다는 '여기는 다른 색으로 할 걸 그랬나.'하는 것들이지만.

나는 타투를 기록의 예술이라 표현하고 싶다. 타투를 보면 당시 느끼던 감정들과 자주 했던 생각들이 떠오른다. 어느 길이 주어지든 즐겁게 걸어야겠다는 신념이 생겼을 때 오른쪽 팔에 꽃 모양 음표 타투가 생겼다. 무엇이든 자주 까먹는 나는 타투를 보며 그때 다짐을 마음에 다시 새기고는 한다. 신기하게 재충전되는 느낌을 받는다.

두꺼운 팔뚝을 가리고 싶어 비가 오는 여름엔 긴 팔을 찾아 입던 나는 이제 타투를 보기 위해 겨울에도 종종 반팔을 꺼내 입는다.

혈액형 궁합론

엄마는 B형, 아빠는 A형. 인터넷에서 '혈액형 최악의 궁합'이란 유머 글이 보일 때마다 가슴 한쪽이 찌릿했다. 과학적으로 증명된 건 없었지만, 어린 나에게 둘의 잦은 다툼을 납득시키기엔 충분했다.

방 정리를 하다 오래된 디카를 찾았다. 메모리 카드를 연결해 보니, 너무나 소중한 추억이 먼지에 뒤덮여 있었다. 삼척으로 떠난 가족여행 사진들이었다. 30장의 사진 중 하나를 골라 동생에게 보냈다. 텐트를 찍은 사진이었다. 당시 강아지가 있으면 숙박이 어려워, 바닷가에 텐트를 치고 만든 우리만의 민박집이었다. 돗자리를 깔고, 그 위에 튜브 보트를 올려 침대를 만들었다. 위는 차갑지만. 밑은 따뜻했던 공기와 파도 소리가 사진을 보니 생생히 떠올랐다.

 사진을 끝까지 넘겨봐도 우리는 계속 미소를 짓고 있었다. 매일같이 다퉜다고 생각했던 엄마와 아빠까지 환하게 웃고 있었다. 디카가 없었다면 유년 시절 우리 가족의 행복을 기억하지 못한 채 잊어 갔을 것이다. 그리고 아마 마음에 드는 사람이 생기면 혈액형 궁합을 검색해 보는 습관도 여전했겠지. 맹신하진 않았지만 삐끗하는 일이 있을 때마다 괜히 혈액형 탓을 하기도 했다.

 얼마 전 최고 반전이었던 동글이의 혈액형 사건까지 합쳐지니 점점 나의 혈액형 궁합론의 결론이 나기 시작했다. 제일 마음이 잘 맞는 친구 중 하나인 동글이가 당연히 O형인 줄 알았지만, 사실 나와 제일 상극이라는 B형이었다.

 엄마와 아빠는 혈액형이 아닌, 성격이 맞지 않았던 것이다. 매주 양이 적더라도 꼬박꼬박 재활용을 해야 하는 동생과 몰아서 하는 게 편한 내가 다투는 것처럼. 그런 작은 것들이 오랫동안 쌓여 결국 무너져버렸다.

알맞은 퍼즐 조각처럼 성격이 딱 맞는 사람과 만난다는 건 정말 어려운 일이다. 부모님은 별거를 택했다. 억지로 자신과 서로에게 상처를 내가며 맞추는 게 아닌 각자 놓여야 할 곳으로 찾아갔다.

문득 동글이의 혈액형을 제대로 알고 있었다면 이런 사이가 될 수 있었을까, 하는 생각이 들었다. 잘못된 오해들로 소중한 것들을 잃을 뻔한 오늘을 되새기며 혈액형 궁합론은 이제 놓아주려 한다.

오늘의 날씨도 좋음

　상담 글쓰기 수업을 받으면서 한 가지 버릇이 생겼다. 어딘가에 기록하지 않더라도 잠자리에 누워 오늘 나의 기분 날씨를 정해보는 것이다. 온도와 습도까지 자세할 때도 있지만 보통 '흐림, 맑음' 정도로 간단히 메기곤 한다. 그러다 보니 전처럼 기분이 날씨에 영향을 크게 받지 않고 있다는 걸 알게 되었다. 눈이 오면 이문세 노래를, 비가 오면 검정치마의 노래를 찾아 듣는 버릇이 있지만 그것들이 기분의 좋고 나쁨을 결정짓지는 않는다.

　재작년 제주도로 홀로 여행을 갔을 때만 해도 날씨는 삶의 질을 결정하는데 큰 역할을 했다. 덥고 습한 것을 제일 싫어하는데, 하필이면 야외에 오래 나와 있어야 하는 날에 비가 내렸다. 눈을 뜨자마자 느껴지는 습

함에 숙소에만 머물기로 계획을 전면 수정했다. 하지만
모처럼 제주도까지 왔는데 방 안에 누워 핸드폰만 하기
엔 너무 아쉬웠다. 마침 배도 고파 우선 밖으로 나가보
기로 했다.

대충 아무 골목으로 들어가 간판이 마음에 드는 식당
으로 들어갔다. 그곳에서 인생 파스타를 만나게 되는
것은 내 여행 계획에 없는 일이었다. 원래 일정대로 움
직였다면 평생 이 맛을 몰랐을 것이다. 난생처음 비가
내린다는 게 나쁘지 않았다.

밥을 다 먹고 나와 숙소로 가는 길에도 비에게 감사함
을 느끼게 되었다. 해가 쨍쨍하던 어제와 달리 은은한
회색빛을 띠는 바다는 색다른 운치를 주었다. 발걸음을
바다가 잘 보이는 카페로 옮겨 한참 동안 창밖을 봤다.
그때 날씨마다 가질 수 있는 분위기와 매력이 있구나,
하는 생각을 처음으로 했었다.

지금의 나는
습하고 시원한 향을 타고 올라오는 얕은 우울을 즐길

수 있는 비 오는 날씨를,

　푸른 하늘과 예쁜 구름을 타고 넘어오는 상쾌한 바람
이 있는 맑은 날씨를,

　하늘에서 선사하는 낭만이 주는 달콤함을 느낄 수 있
는 눈 오는 날씨를 좋아한다.

　그래서 더 이상 내게 날씨가 좋지 않은 날은 없다.

위로는 괜찮아요

나의 혼잣말들을 담은 원고를 책으로 만들어 보자는 소식을 듣고 한 가지 걱정이 생겼다. 이곳에 담긴 내 흉터들을 주변 지인들에게 보여준다는 게 조금 껄끄러웠다. 평소 깊은 생각과 고민들을 잘 말하지 않는 성격이기에, 그들이 처음 알게 되는 이야기들이 많았다. 나의 상처들을 몰랐던 것에 괜히 미안해 할 모습이 눈에 보였다.

하지만, 그럴 필요는 전혀 없다.

아프게 삼킨 유리조각 같은 일을 곧바로 뱉으려면 또다시 비슷한 고통을 겪어야 한다. 그렇기에 지금 여기 담긴 이야기들은, 이미 내 속에서 곱게 갈린 가루가 되었다. 더 이상 이것들이 나를 아프게 하지 않기에 꺼낼 수 있게 된 것들이다. 기록된 모든 고민들은 지금의 나를 이루는 요소 중 하나이며, 이것들이 뭉쳐 쉽게 무너지지 않게 하는 지지대가 되었다.

그러니 그대들은 내게 미안해할 필요도, 나를 걱정할 이유도 없다.

존재의 쓸모

　사만 칠십사 킬로미터. 우리가 사는 지구의 둘레다. 이 넓디넓은 행성에서 약 78억 명의 인구가 살아가고 있다. 만약 1번부터 78억 번까지 순위를 부여한다면 과연 나는 몇 등일까 생각해 본 적 있다. 아득한 숫자에 확실한 건 100명 안에는 평생 들지 못한다는 것이었다. 세상엔 잘나고 잘난 사람 위에 잘난 사람이 너무 많았다. 아마 대한민국 동대문구 00동 아파트 단지에서조차 100위 안에 내 자리는 없을 것이다.

　뜬금없는 생각으로 우울해질 때쯤 남행자 여사에게 전화가 왔다.

　"세연아 꼭 1등 하려고 하지 마. 1부터 많은 숫자 속에서 필요하지 않은 숫자는 없어. 그냥 존재하기만 하면 언젠가 다 쓸 일이 있는 거야. 10이라는 숫자가 없었으면 나는 귤 사면서 9개는 적고 11개는 많은데 몇 개 사야 할지 평생 고민했을 거야. 안글나?"

30분간의 통화를 마치려는데 남여사가 내 생각이라도 읽은 것처럼 가장 필요한 말을 해주었다. 지금 내가 해야 할 건 순위 매기기가 아닌 어떻게든 존재하기 위한 발버둥이었다. 꺼진 노트북을 다시 켰다. 오늘은 나만 듣기 아쉬운 남 여사의 명언으로 글을 써야겠다.

혼잣말

- 마음을 먹다

가끔 통상적인 문장으로 상상의 올가미에 갇힐 때가
있다.

최근엔 '마음을 먹다'라는 표현이 그랬다.

너무 마음이 아픈 날엔, 정말 그것을 꺼내 먹을 수 있
다면 얼마나 좋을까. 잠시나마 통증을 잊을 수 있지 않
을까? 어쩌면 무감정이 제일 평온한 상태일지 모른다는
생각도 했다.

- 마음행주

마음이 너무 무거울 땐, 눈을 감고 상상한다. 축축해진
마음을 꺼내 꽉 짜낸다.
마치 행주처럼.

그러면 이상하게도 가벼워진 기분이 든다.

* 지구를 위해 친환경재생지를 사용합니다.

78억 인구 중
**나 하나
찌질해도 괜찮아**

초판 1 쇄   2022년 4월 15일
지 은 이   김세얀
펴 낸 곳   하모니북

출판등록   2018년 5월 2일 제 2018-0000-68호
이 메 일   harmony.book1@gmail.com
전화번호   02-2671-5663
팩   스   02-2671-5662
홈페이지   harmonybook.imweb.me
인스타그램   instagram.com/harmony_book_

979-11-6747-042-3 03810
ⓒ 김세얀, 2022, Printed in Korea

값 13,200원

이 도서의 국립중앙도서관 출판예정도서목록(CIP)은 서지정보유통지원시스템 홈페이지(http://seoji.nl.go.kr)와 국가자료공동목록시스템(http://www.nl.go.kr/kolisnet)에서 이용하실 수 있습니다.